El hombre que perdió la cabeza

Robert Walser

EL HOMBRE QUE PERDIÓ LA CABEZA

Ilustraciones de
Carmen Segovia

Traducción de
Juan de Sola

las afueras

Título original: *Einer, der nichts merkte*, parte de *Lampe, Papier und Handschuhe*, recogido en *Kleine Prosa*

Av. Diagonal, 534, 2º 2ª
08006 Barcelona
www.lasafueras.com

ISBN: 978-84-124081-2-6
Depósito Legal: B 17481-2021

Diseño de la colección: Hermanos Berenguer
Maquetación: María O'Shea

Esta obra ha recibido una ayuda a la edición del Ministerio de Cultura y Deporte

MINISTERIO DE CULTURA Y DEPORTE
DIRECCIÓN GENERAL DEL LIBRO Y FOMENTO DE LA LECTURA

Impreso y encuadernado en Kadmos en papel proveniente de fuentes manejadas de forma responsable, tanto ambiental como socialmente.

Printed in Spain - Impreso en España

El hombre que perdió la cabeza

La lámpara es sin duda alguna un objeto muy útil y simpático. Hay tanto lámparas de pie como de techo, lo mismo que existen lámparas de alcohol o de petróleo. Cuando se habla de lámparas es inevitable, lo queramos o no, pensar en pantallas. Entendámonos: es perfectamente evitable, no es cierto que no podamos pensar en otra cosa. Nadie nos obliga a ello. Nos gustaría creer que cualquiera pueda pensar lo que quiera, pero, aun así, parece un hecho incontestable que lámparas y pantallas se complementan a las mil maravillas. Una pantalla sin lámpara sería inútil y absurda, y una lámpara sin pantalla nos parecería fea e incompleta. La lámpara existe para dar luz. Una lámpara apagada no nos causa una impresión particularmente honda. Mientras no está encendida, carece por así decir de su esencia más propia. Solo cuando está encendida sale a la luz su valor, y es entonces cuando el sentido que tiene brilla y resplandece con enorme convicción. Tenemos el deber de rendirle homenaje y tributarle una ovación, pues ¿qué haríamos de noche, a oscuras, sin su claror? A la luz tenue de una lámpara podemos leer o escribir según nos convenga; y, ya que hablamos de leer y escribir, nos viene a la cabeza, lo queramos o no, un libro o una carta. Pero, a su turno, también los libros y las cartas nos hacen pensar de nuevo en otra cosa: el papel.

Como es sabido, el papel se fabrica a partir de madera y sirve a su vez para fabricar libros, libros que, en algunos casos, se leen poco o nada, y que, en otros, no solo se leen sino que prácticamente los devora todo el mundo. El papel es tan útil que uno no puede por menos de sentirse urgido y apremiado a decir: para el hombre evolucionado, el papel reviste una importancia a todas luces fenomenal. No vamos muy desencaminados si afirmamos que, sin papel, no sería posible civilización humana alguna. ¿Qué sería de la parte presuntamente más valiosa de la humanidad –¡ojalá!–, si de repente no pudiera ya encontrarse ni distribuirse más papel? De la existencia del papel depende sin duda la existencia no ya de muchas, sino de una mayoría abrumadora de personas, y depende además en un grado tan íntimo que da pavor, porque nos cuesta horrores, al pensar con más o menos agudeza, librarnos de ciertos temores fácilmente comprensibles. En términos generales existe papel grueso y papel fino, satinado y rugoso, áspero y exquisito, barato y caro, y, con el permiso del benévolo lector, añadiremos que, de los distintos tipos y clases de papel, destacan los que siguen: papel de escribir, papel de vidrio, papel anticorrosivo, papel de carta, papel de dibujo, papel de periódico y papel de seda. Los padres del autor regentaban una papelería muy bonita y distinguida, quizá sea por eso por lo que es capaz de enumerar de carrerilla las diversas clases de papel. Ahora que caigo, en una tira estrecha de papel que quizá vimos escondida en un rincón polvoriento del cajón de un escritor, ¿no podría haberse escrito, en un momento cualquiera, una historia que dijera más o menos lo que sigue?

No hace ni mucho ni poco tiempo vivía un hombre que no se daba cuenta de nada. No reparaba en nada, todo le importaba, por así decirlo, un bledo.

¿Si tenía la cabeza llena de ideas de peso? ¡Qué va! La tenía hueca y sin una sola idea.

Una vez perdió todo su dinero, pero no se dio cuenta, ni siquiera lo notó. No le dolió lo más mínimo, pues ojos que no ven, corazón que no siente.

Si se dejaba el paraguas en alguna parte, no se daba cuenta hasta que se ponía a llover y se quedaba empapado.

Y si lo que olvidaba era el sombrero, no se daba cuenta hasta que alguien le decía:

–¿Dónde ha dejado el sombrero, señor Chaparro?

CHAPARRO
DELGADO

Se apellidaba Chaparro, pero no tenía la culpa de llamarse así. Podría haberse apellidado perfectamente Delgado, por ejemplo.

Un día perdió las suelas de los zapatos, no se dio cuenta y anduvo descalzo hasta que alguien le hizo notar semejante extravagancia.

Dondequiera que fuera era el hazmerreír, pero él no se daba cuenta.

Su mujer se iba con quien le apetecía. Chaparro no se enteraba.

Andaba siempre cabizbajo, y eso que nunca se sumía en hondas reflexiones.

Ya podían quitarle el anillo del dedo,

la comida del plato,

el sombrero de la cabeza,

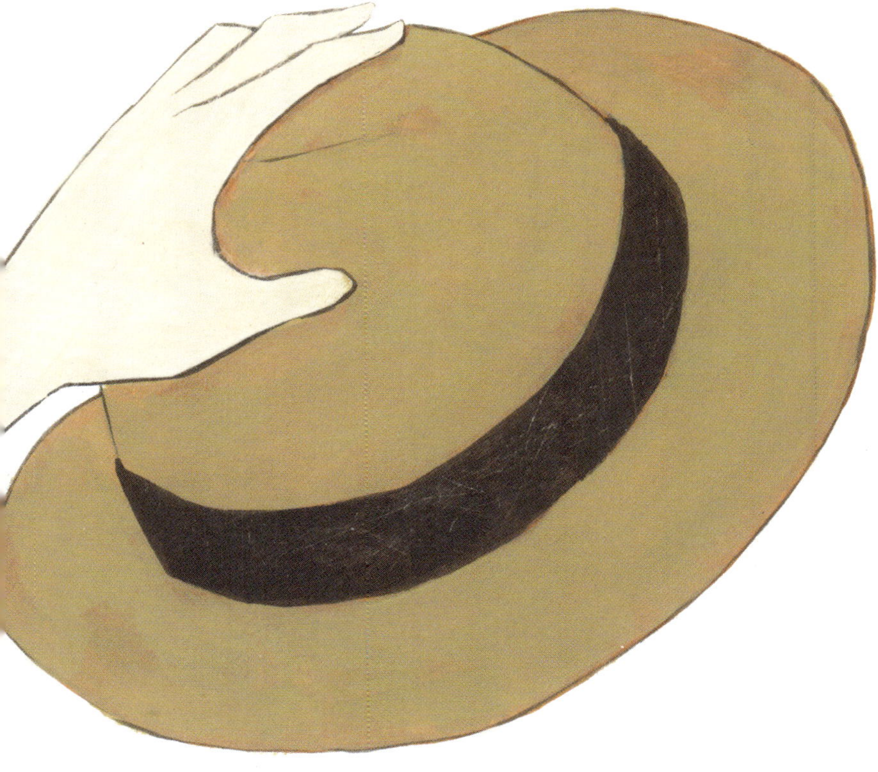

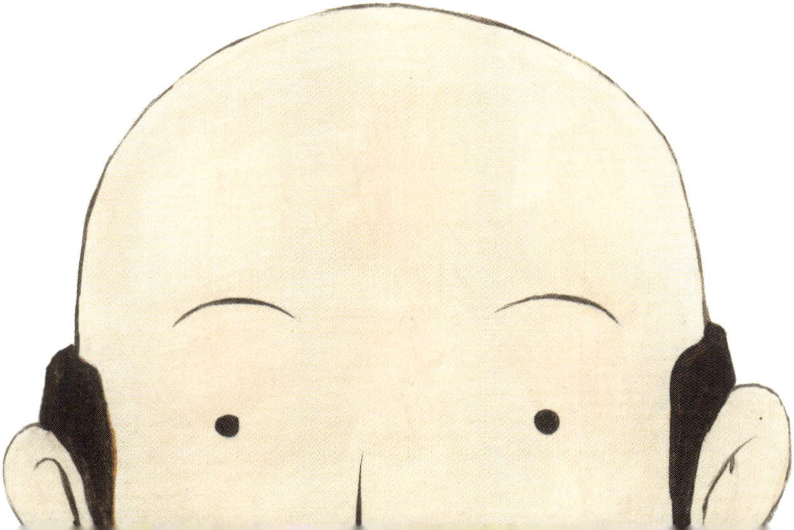

los pantalones y las botas de las piernas,

la chaqueta del cuerpo,

el suelo de debajo de los pies,

el cigarro de los labios,

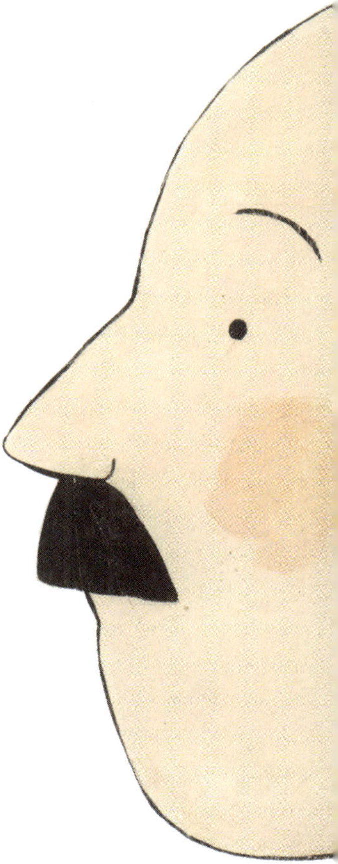

sus hijos delante de sus narices

o la silla en la que estaba sentado,
que él no se daba cuenta.

Un día que iba tan tranquilo paseando por ahí, perdió la cabeza.

No debía de tenerla muy bien fijada al cuello,
si se le cayó sin más ni más.

Chaparro no se dio cuenta de que ya no tenía cabeza; prosiguió su camino con la cabeza en otra parte hasta que alguien le dijo:

–Señor Chaparro, ¡si le falta la cabeza!

Pero el señor Chaparro no podía oír lo que le decían, porque, como había perdido la cabeza, tampoco tenía ya orejas.

El señor Chaparro ya no sentía nada de nada, no notaba olores ni sabores, no oía, no veía ni se daba cuenta de nada.

¿Qué? ¿Te lo has creído?

Si te lo has creído a pies juntillas, te daré unas moneditas y así podrás comprarte algo bonito, ¿vale?

Pero ahora, con tanto cuento, no debería olvidarme del par de guantes que veo colgando, con distinción y languidez, del borde de una mesa. ¿Quién será la hermosa y noble dama tan descuidada como para dejárselos aquí? Son unos guantes muy elegantes, largos hasta el punto de cubrir casi todo el brazo, y de un amarillo claro. Unos guantes tan bonitos dicen mucho de su dueña, y lo hacen con un idioma delicado y gentil como la vida que llevan las mujeres hermosas y buenas. ¡Con qué gracia cuelgan allí esos guantes! ¡Y qué bien huelen! Casi me entran ganas de hundir en ellos la cabeza, lo cual sería sin duda un gesto un poco tonto. Pero qué a gusto no se comete, de tarde en tarde, alguna que otra tontería.

Robert Walser (1878-1956) es uno de los escritores suizos más originales, irónicos y misteriosos del siglo pasado. Séptimo hijo de un encuadernador que regentaba una papelería, Walser tuvo que dejar la escuela a los catorce años y ponerse a trabajar. La vida de oficinista, con su rígido horario y formas encorsetadas, no le gustaba nada y cambiaba a menudo de empleo. Walser prefería escribir y viajar, y siempre lo hacía a pie, en largos paseos que le gastaban las suelas de los zapatos, hasta perderlas.